Stella Krückeberg

Massenhysterie für Anfänger

story.one – Life is a story

story.one

1st edition 2024

Production, design and conception:
story.one publishing - www.story.one
A brand of Storylution GmbH

Font set from Minion Pro, Lato and Merriweather.

ISBN: 978-3-7115-3334-0

Für meine Familie

»An allem Unfug, der geschieht, sind nicht nur
die Schuld, die ihn begehen, sondern auch die,
die ihn nicht verhindern.«
Erich Kästner

INHALT

Prolog

BERLINER MORGENPOST

Der Robinson Crusoe des 21. Jahrhunderts
Interview mit Dieter Freytag
Von Sibylle Römer

Sibylle Römer: Guten Tag, Herr Freytag. Sie waren die letzten Tage die Sensation der Top-Nachrichten. Sie waren für 27 Tage schiffbrüchig im Pazifischen Ozean, auf halbem Weg zwischen dem amerikanischen Festland und Hawaii.

Dieter Freytag: Ja, genau.

Wie ist das passiert?

[rückt seine Brille zurecht] Also, ich war auf einer Kreuzfahrt nach Hawaii, von San Francisco nach Hawaii, und dann bin ich halt über Bord gefallen.

Wie fällt man denn von einem Kreuzfahrtschiff?

Ich bin Ingenieur, und ich war zugegebenermaßen recht betrunken. Dann kam mir die Idee, mir den Mechanismus bei den Rettungsbooten anzuschauen, wie man die zu Wasser lässt, und das hat nicht allzu gut funktioniert.

Laut Schiffsbesatzung sind die Rettungsboote weiter unten am Schiff, relativ nah am Wasser, weswegen sie den Sturz überlebt haben. Wären Sie vom Hauptdeck gestürzt, hätten Sie wahrscheinlich nicht überlebt.

Glück im Unglück also.

Glück im Unglück war auch, dass sie sich recht nah am "Great Pacific Garbage Patch", dem großen Müllstrudel im Pazifik, befanden.

Ja, obwohl ich das nicht wusste. Das Wasser war eisig, das hat auch mit dem Betrunkensein geholfen. Am Anfang bin ich noch dem Schiff nach geschwommen, aber dann war es irgendwann außer Sicht. Irgendwann fiel mir dann auf, dass immer mehr Plastik im Wasser war, dann bin ich weiter ins Plastik geschwommen, ich hab gehofft, eine Planke oder so etwas zu finden.

Haben Sie ja dann auch. Der Rettungstrupp fand Sie auf einem Spielzeugautodach.

Ja, das hat am besten gehalten. Ich hatte mir so einen Sonnenschutz aus Planen gebaut und Salzwasser hab ich abgekocht, zum Trinken. Meine Brille war nicht abgegangen, ich habe nämlich so eine Schnur [zeigt seine Brillenschnur] und dann hab ich mit der Linse die Sonnenstrahlen gebündelt und Wasser abgekocht.

So haben Sie 27 Tage ohne Essen überlebt.

Manchmal hab ich so ein bisschen Tang oder so gefunden, das hab ich auch gegessen.

Nach 26 Tagen Suche fand man Sie endlich, ohne schwerwiegenden Schaden. Also könnte man sagen, der Müllstrudel hat Ihnen das Leben gerettet?

Das könnte man so sagen, ja.

1

Ich wurde am 12. Mai gefunden. Nach 27 Tagen auf diesem scheußlichen Autodach. Sie nannten mich den modernen/wahren/neuen Robinson Crusoe, oder welches Adjektiv ihnen noch einfiel. Ich war bloß froh. Unendlich froh. 27 Tage alleine auf dem größten, unwirtlichsten Abfallhaufen der Menschheit sorgen dafür, dass man alles hinterfragt. Sein Leben, seinen Beruf, seine Ernährung, seine Kleidung, sein Verhalten, die Menschheit, menschliches Verhalten. Am siebzehnten Tag fand ich ein Plastikfähnchen: "Make Amerika Great Again. Out with all non-Americans!" Da dachte ich, vielleicht sollte ich einfach da draußen bleiben, unter der Plastikplane, im Wasser das mehr Bazillen hat als die Sitze der U-Bahn in Berlin. Solche Gedanken hat man manchmal. Bis man merkt, dass es keinem irgendetwas bringen würde, wenn man dort bliebe.

Ich wurde ins Krankenhaus gebracht. Mein Zustand war nicht lebensbedrohlich oder ähnliches, ich war bloß schwach, unterernährt und dehydriert. Eine Woche später durfte ich nach Hause. Es war seltsam. Meine Straße hatte sich nicht verändert, bloß die Baumkronen waren grüner und voller. Mein Haus war immer noch gelb-gräulich, und die Treppenhausfliesen genauso verdreckt wie eh und je. Mein Klingelschild war immer noch an der rechten unteren Ecke leicht abgepult. Der Ersatzschlüssel lag immer noch im Blumentopf neben der Apartmenttür. Also schloss ich auf, legte den Schlüssel auf die Kommode neben der Tür und stand etwas verloren im Flur. Langsam ging ich in die Küche, öffnete den Kühlschrank und starrte auf die leeren Regale im grellweißen Licht. Dann ging ich einkaufen. Im Supermarkt merkte ich, dass das Einkaufen schwerer sein würde, als ich gedacht hätte. Die Plastikverpackungen starrten mich an, hämisch, triezend, und ich konnte sie nicht berühren. Es ging nicht. Ich fasste den Wagen an den Seiten an, statt am Plastikgriff, und kaufte alles, was nicht in Plastik verpackt war. Also keine Wurst diesmal. Aber es ging nicht anders.

Zu Hause angekommen holte ich mir einen Karton, stülpte eine Papiertüte über meine Hand und räumte alles, was aus Plastik war, in den Karton und stellte den Karton in den Keller. Drei Lagen Beton und eine Lage Pappe zwischen dem Plastik und mir halfen, aber nicht viel. Meinen Computer hatte ich gelassen. Ich legte eine Lage Papier über die Tasten, damit ich sie nicht berühren musste, und dann las ich die E-Mails, die während meiner "Ferien" eingegangen waren. Es waren nicht viele. Meine Kollegen wussten von meiner Kreuzfahrt, ich hatte meinen geplanten Urlaub nicht einmal überzogen. Das würde ein schöner erster Arbeitstag werden, wenn ich erklären müsste, ich könne leider meinem Ingenieursdasein nicht nachkommen, da ich nun kein Plastik mehr berühren könne. Warum? Ach, nur so. Ich freute mich schon.

Ich wurde gefragt, Interviews zu halten, bei Sendungen aufzutreten. Für gut eine Woche prangte ein Bild von mir auf fast jeder Titelseite. Manche Zeitungen schoben mich in eine kleine Ecke und nahmen ein Bild vom Strudel als Titelbild. Ich kann es ihnen nicht verdenken. Ein Ingenieur Mitte fünfzig, mit spärlichem, grauen Haar und Nickelbrille ist kein Titelformat.

2

Meine Geschichte lief maximal zwei Wochen im Netz rauf und runter. Dann wurde sie nach und nach ersetzt von Kriegen, Protesten und anderen Geschichten, die aktueller und spektakulärer waren. Ich weinte ihnen nicht nach, das Ganze hatte mich von der Arbeit abgehalten (ich arbeitete mit Stoffhandschuhen, es funktionierte recht gut), und nach Ruhm und Rummel hatte ich mich noch nie gesehnt. Als kleiner Junge vielleicht, als ich noch Erfinder werden wollte. Doch jetzt war ich alt und Ingenieur, und mir reichte, was ich hatte. Der Einfluss meiner Geschichte war vorbei. Dachte ich.

Ich arbeitete, kam nach Hause und sah kein Fern (Fernbedienungen sind aus Plastik). Stattdessen las ich, was ich recht wenig getan hatte vor meinem "Ausflug". Das war das Schlimmste gewesen an den 27 Tagen - 648 Stunden ohne Beschäftigung. Am neunten Tag fand ich eine Waschmittelflasche und las das ganze zerfledderte Etikett bestimmt hundertmal. Es war zwar auf Arabisch, aber es war besser als nichts.

Ich hatte mal Arabisch gelernt, in meinen Zwanzigern, aber das half wenig. Trotzdem, die Flasche war mein größter Schatz, doch am 14. Tag war sie vom Meer verschluckt und ich hatte wieder nichts zu lesen. Selbst jetzt noch lese ich beim Frühstück die Etikette mit völlig neuen Augen, als wären sie mindestens Jules Verne's Tagebuch.

Es war etwa ein Monat vergangen, da las ich eine E-Mail von einem Studenten, der mich sehr höflich um ein Interview bat. Ich antwortete, wenn das Interesse noch bestünde (die Mail war schon ein paar Wochen alt), stünde ich ihm gerne zur Verfügung. Binnen zwei Tagen hatte er zugesagt, am dritten stand er vor meiner Tür. "Guten Tag", sagte er und reichte mir die Hand. "Ich hatte Ihnen geschrieben, wegen eines Interviews?"

"Äh, ja", meinte ich. "Wollen Sie reinkommen?" Ich weiß nicht, was ich erwartet habe, aber einen Hausbesuch sicherlich nicht. Während sich der Junge die Schuhe abstreifte, versuchte ich mich zu erinnern, welcher Teil meiner Wohnung am ordentlichsten war. Und weil man Interviews nicht im Bad hält, zeigte ich ihm den Weg zur Küche.

"Ich bin Mirko Almani", stellte er sich vor. "Ich studiere Psychologie, meinen Abschluss will ich in Gesellschaftspsychologie machen." Darunter konnte ich mir wenig vorstellen, aber er schien stolz, deshalb lächelte ich bewundernd. Er schien im Ganzen ein wohlerzogener Junge. Er hatte seine Schuhe auf der Fußmatte abgestreift, sie ordentlich hingestellt und seine schwarzen Haare waren gekämmt und nicht unter einem dieser scheußlichen modernen Käppis versteckt.

"Und was brauchst du von mir?" Dass ich ihn geduzt hatte, fiel mir erst danach auf, aber es schien ihm nicht aufgefallen zu sein.

"Na, das, was jetzt wegen Ihrer Geschichte passiert-" Ich muss sehr verwirrt ausgesehen haben, denn Mirko brach ab. "Wissen Sie, was ich meine?"

"Nicht wirklich."

Mirko klappte seinen Laptop mit überraschter Miene auf.

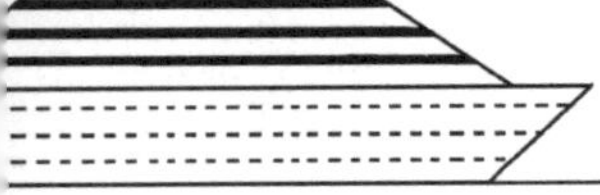

3

Als Stein des Anstoßes gilt ein Video von *jillyslifeandstuff*, das auf TikTok gepostet wurde. In diesem Video, das ich jetzt auch mehrmals ungläubig gesehen habe, sagt - ich nehme an so heißt sie - Jilly auf Englisch: "Der Plastikstrudel hat diesem Mann das Leben gerettet. Jährlich gibt es mehrere hundert Tote, die im Meer ertrinken. Stellt euch mal vor wie viele Menschen wir retten könnten, wenn die Strudel größer wären!" Das Ganze erzählt sie ihrer Handykamera im Auto sitzend, mit Basecap und einer riesigen Wasserflasche mit Strohhalm in der Hand. Im Ganzen scheint sie sehr amerikanisch. Und so kam die Sache ins Rollen. Ich beschuldige nicht Jilly dafür, das Ganze ausgelöst zu haben, aber es waren Leute wie sie, anders kann ich es mir nicht erklären, die wirklich glaubten, sie täten etwas Gutes.

Es begann mit einer winzigen Zeremonie in Kalifornien, wo ein angereister Rentnerclub aus dem Mittleren Westen große Plastikteile von einer Klippe ins Meer warf und das Ganze stolz wie Oskar auf ihrem Instagram postete. "An alle Schiffbrüchige: jetzt habt ihr etwas, woran ihr euch festhalten könnt. Bleibt am Leben." Dem folgte eine ähnliche Aktion, diesmal von einer Kirche. Sie hatte extra Plastik gesammelt, um es dann mit Gebeten und Segenwünschen in Florida in den Atlantik zu werfen. Diese Aktionen sprossen nun wie Pilze aus dem Boden, noch relativ unentdeckt, bis eine etwas größere Zeitung das Thema aufgriff. Sie sprach von einer *lobenswerten Initiative*. Damit meinte sie den Vorsatz, Schiffbrüchigen zu helfen, doch man nahm sie beim Wort. Überall entstanden Sammelaktionen für Plastik, Schrottplätze wurden zu heißen Treffs, man suchte das perfekte Stück Plastik und dann warf man es mit gutem Gefühl ins Meer.

Langsam schwappte es nach Europa hinüber. Es wurde beinahe wie ein Wettbewerb: der Pazifik hat den größten Müllstrudel? Das ist eine Beleidigung für alle am Atlantik! Es gab Live-Berichte, wie groß die Strudel waren, damit jeder sehen konnte, wer gerade die Nase vorn hatte. Und dass ich immer noch der einzige Schiffbrüchige war, der dank des Plastiks überlebt hatte, störte in ihrem Elan keinen.

Die Zeitungen unterstützten entweder die Aktionen oder ließen das Thema ganz aus. Auf Debatten zum Thema "Wollt ihr, dass die Leute ertrinken?" wollte sich keiner einlassen.

Das erzählte mir Mirko und ich konnte es kaum glauben.

"Ist das dein Ernst?" hakte ich nach. "Leute sind so doof?"

"Das ist Gesellschaftspsychologie," meinte Mirko. "Wenn genug Leute es machen und daran glauben, wird es immer glaubwürdiger. Das hat evolutionäre Hintergründe."

"Und was willst du jetzt von mir?" fragte ich.

"Ich hatte gehofft, Sie könnten vielleicht öffentlich sagen, dass diese Aktionen idiotisch sind, damit Leute damit aufhören. Die Sache ist etwas besorgniserregend."

"Nein, danke."

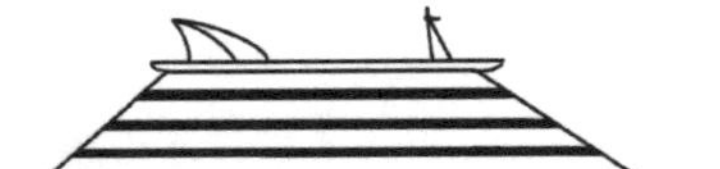

4

"Wirklich nicht?"

"Nein, ich hab genug von dem Rummel, ich bin ganz gern ein normaler Ingenieur. Außerdem versuche ich, die Sache größtenteils zu vergessen."

Er beobachtete mich kurz und ich fragte mich, ob er sein Psychologie-Wissen auf mich anwandte, doch dann nickte er nur geknickt und verabschiedete sich höflich. An dem Abend berührte ich zum ersten Mal wieder eine Fernbedienung. Ich wollte wissen, ob die normalen Fernsehprogramme schon davon berichteten und, wenn ja, was ihre These war. Aber glücklicherweise schienen sie sich noch mit seriöseren Nachrichten zu befassen.

An einem Mittwoch bei der Arbeit bekamen wir eine neue Lieferung, mehrere teure Apparate die vorsichtig in großen Plastikschalen geliefert wurden. Ich stülpte mir gerade meine Handschuhe um, da meinte mein Kollege Becker: "Lass mal, Dieter, ich mach' das" und klopfte mich auf die Schulter. Also ließ ich ihn das machen und dachte mir nichts dabei. Bis ich später, am Abend, an Beckers Auto vorbeiging und die Plastikschalen in seinem Kofferraum sah.

Dasselbe passierte wieder und wieder, wie mir daraufhin auffiel. Als Ingenieur gibt es viele Plastikteile, die wir wegwerfen, und wir warfen sie immer auf den "Kreuzberg" im Hof, bis sie am Ende der Woche zur Müllhalde gebracht wurden. Doch in den nächsten Wochen bemerkte ich, dass der Kreuzberg nicht wuchs, sondern schrumpfte, nicht schnell, bloß hier und da fielen mir Teile auf, die plötzlich weg waren. Autoreifen, Schläuche, Styroporplatten. Ich hoffte innig, dass diese Teile nicht dort landeten, wo ich vermutete. Aber nach ein paar Wochen hatte ich mich an den kleineren Kreuzberg gewöhnt und machte mir nichts mehr daraus.

Am Samstag einzukaufen ist immer eine dumme Idee, weil der Supermarkt sich in ein Wimmelbild verwandelt. Man findet genervte Eltern mit Kindern, die alles antatschen, Leute, die sich so präzise an die Einkaufsliste halten, dass es weder Platz für Fantasie noch Realismus gibt, und natürlich Leute von überall auf der Vegan-Fleischesser Skala. Ich holte gerade Paprika als sich neben mir jemand die Plastikkiste mit Gurken griff, alle Gurken zurück auf die Ablage kippte bis auf eine und die Kiste dann in den Einkaufswagen stellte.

"Was wollen sie denn mit der Kiste?" fragte ich amüsiert.

"Ach, die rettet ab nächstem Sonntag Leben", antwortete der Typ. Er war gut Mitte dreißig und sah eigentlich intelligent genug aus, um nicht auf diesen Strudelquatsch hereinzufallen.

"Sie schmeißen sie ins Meer?"

"Also, nicht ich, das ist so eine Organisation, aber ja. Das ist doch das einzig Ethische."

Ich überlegte kurz, ob es etwas bringen würde, der Verlockung nachzugeben und die Paprika als Wurfgeschoss zu benutzen, kam aber zu dem Schluss, dass das nichts bewirken würde. Es was unfassbar.

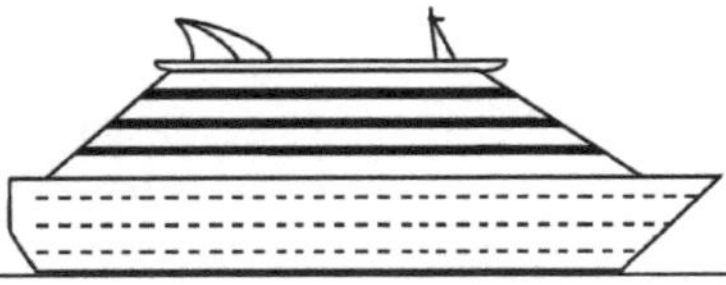

5

Am nächsten Samstag (ich lerne es wohl nie) packte ich gerade meinen Beutel an der Kasse als die Person vor mir ihre Tasche schulterte, den Plastikkorb in die Hand nahm und damit einfach aus der Tür marschierte.

"Brauchen Sie die Körbe nicht?", fragte ich den tiefenentspannten Kassierer.

"Ach, nee, die schmeeßen wa eh ins Meer jeden Montach, man muss ja wat Jutet tun, net?", berlinerte er. Ich verstand die Welt nicht mehr.

"Aber Plastik ins Meer zu werfen schadet der Umwelt und dem Ökosystem", meinte ich.

"Ich sach nur so, es jibt die, die wollen irjendwelchen Fischen helfen und es jibt solche, die helfen Menschen."

Die nächste Person drängelte schon ungeduldig und wollte ihre Einkäufe auch einpacken, denn der Kassierer schob ungerührt weiter die Waren über die Kasse, also ging ich. Ich begann ernsthaft, über Mirkos Vorschlag nachzudenken. Mir war jetzt klar, dass ich etwas tun musste. Aber die Welt ist ein riesiger Ansprechpartner. Das Gespräch anzufangen überforderte mich, und das Risiko, dann auch noch zu kritisieren, war mir zu hoch. Trotzdem schrieb ich Mirko nicht, vielleicht aus Trotz, vielleicht weil es mir schwerfiel als Ingenieur, als jemand Erfahrenes, einen Studenten um Hilfe zu bitten, vielleicht weil ich mit der Verrücktheit der Welt eigentlich nichts am Hut haben wollte. Doch dann landete eine E-Mail von ihm in meinem Ordner. Es war eine kurze E-Mail.

Sehr geehrter Herr Freytag,

ich weiß, Sie wollen nicht öffentlich werden,
aber die Sache wird immer schlimmer. Könnte
ich vielleicht noch einmal mit Ihnen reden?
Passt Samstag um 10?

Liebe Grüße
Mirko Almani

Ich war immer der Ansicht, die Jugend dreht entweder zu schnell oder zu langsam durch, und keines der beiden zur rechten Zeit, aber Mirko war mir recht rational erschienen, deshalb wollte ich wissen, was los war. Also sagte ich zu und versuchte den Rest der Woche herauszufinden, was er bloß meinte mit "Die Sache wird schlimmer". Keiner der Nachrichtensender, die ich empfing, beschäftigte sich mit dem Thema, und die Zeitungen erst recht nicht. Als es am Samstag klopfte, öffnete ich also schnell die Tür, schnitt das Formelle auf sein Skelett herunter und fragte ihn dann neugierig: "Und?" Er griff mit ernster Miene in seinen Rucksack und holte eine Broschüre hervor und legte sie mir vor.

Hermes Reisen Präsentiert: Die erste Kreuzfahrt zu unseren riesigen Lebensrettern: Den Plastikteppichen des Pazifiks und Atlantiks!

Buchen Sie noch heute! Inklusive:

-Schnorchel-touren der Plastikteppiche

-Plastikzeremonie zum Beitragen zum Erhalt dieser wichtigen Orte

-Crusoe-Erlebnis: verbringen Sie einen Tag alleine im Plastikstrudel!

6

Angeekelt starrte ich die Broschüre an. "Das ist nicht deren Ernst", sagte ich hoffnungsvoll. Mirko schwieg. War ja klar. "Und jetzt?"

Die Frage hing eine Weile in der Luft, dann griff Mirko sie auf. "Vielleicht", fing er vorsichtig an, als ob die Idee noch nicht ganz reif wäre, "vielleicht könnten sie zu *Hermes Reisen* gehen und ihnen sagen, dass sie das nicht respektvoll finden?"

"Das bringt doch nichts. Dann kriegen wir eine höfliche Abfuhr von wegen 'Das ehrt doch ihre Geschichte'. Wenn das irgendwer bucht, dann machen die das."

"Aber ein Video posten, das wollen Sie nicht?"

"Nein, wirklich nicht. Kannst du das nicht machen? Ihr seid doch viel besser mit so online Zeugs und so."

"Meinen sie, darauf bin ich noch nicht gekommen?" Mirko holte sein Handy hervor, tippte ein paar Mal auf den Bildschirm und zeigte mir dann ein Video. "Das ist nicht die Lösung", sagte der Handy-Mirko. "Plastik im Meer führt zu mehr Problemen als es löst." Dann strich er nach oben und ein weiteres Video von ihm erschien, wo er fast dasselbe sagte. Und noch eins. Und noch eins.

"Die Kommentare können sie sich gar nicht vorstellen", meinte er niedergeschlagen als er das Handy wieder einsteckte. "Rund 50 Prozent sind 'Scheiß Ausländer' und die anderen sind 'Was willst du, du Asi, das Leute sterben?'. Das zieht einen schon runter, muss ich sagen."

"Du sprichst aber sehr gut deutsch", sagte ich aufmunternd.

"Sie auch", meinte er leicht verwirrt. "Ach so, wegen Ausländer. Mein einer Opa ist aus Syrien, der Rest meiner Familie ist Deutsch." Jetzt machte ich beschämt "Oh" und meinte schnell: "Meinst du, das ist anders wenn ich ein Video mache?"

"Vielleicht", meinte er. "Wahrscheinlich sogar. Sie sind schließlich Akademiker und Sie wissen genau, wovon sie reden. Außerdem kennt man sie wegen der Sache schon." Er sah vermutlich, dass ich mich immer noch zierte, und meinte: "Wir können aber auch erstmal etwas anderes versuchen."

Also druckten wir Flyer mit dem Titel *Informationen zu Plastikstrudeln. Informieren, bevor ihr wegwerft!* gefolgt von ein paar QR Codes und hängten sie an Laternenpfählen und Ampeln auf. Ich schämte mich immer noch ein wenig, und Mirko schien auch etwas leiser geworden zu sein.

"Meinst du, das bringt irgendwas?" fragte ich, als alle Flyer aufgehängt waren.

"Wahrscheinlich nichts Überdimensionales", meinte Mirko. "Aber wenn wir Leute wenigstens dazu bringen könnten, zu dem Thema etwas zu googeln, würde ich das als Gewinn zählen. Schließlich gibt es viel mehr Richtiges zu dem Thema im Netz als Falsches. Hoffe ich jedenfalls."

7

Es vergingen wieder zwei Wochen. Ich sprach meine Kollegen zu dem stetig kleineren Zustand des Kreuzbergs an.

"Hattest du uns ja gar nicht erzählt, dass dich der Strudel da gerettet hatte", meinte Becker beim Mittagessen in der Kantine.

"Schöner Freund bist du", scherzte auch Keller.

"Und deshalb macht ihr jetzt mit bei diesem Blödsinn?", forderte ich. "Ihr glaubt also ernsthaft, dass ihr damit was Gutes tut?"

"Bei dir hat's ja funktioniert", meinte Keller langsam. "Wird doch wohl nochmal klappen."

Ich wollte ihm sagen, dass das weniger mit dem Plastik zu tun hatte als mit mir und dass ich dafür verantwortlich war, dass ich überlebt hatte, und nicht das Plastik, und dass das keineswegs jeder könnte. Aber ich wusste, dann würde Becker sagen "Du hältst dich ja für sehr wichtig" und Keller würde eine wichtige Miene machen und das Ganze würde zum Scherz zerfallen.

"Und dass ihr damit den Planeten kaputt macht, ist euch egal", sagte ich stattdessen.

"Ich mein', so schlimm wird das schon nicht werden", wich Keller aus.

"Genau, und am schlimmsten ist doch eh dieses kleine Plastik, nicht? Dieses Miniplastik oder wie das heißt? Das hört man doch immer im Radio", meinte Becker. Keller nickte zustimmend. "Und wir werfen ja nur so große Stücke da rein, vielleicht hilft das ja auch den Schildkröten oder so, vielleicht können die da Pause machen."

"Die großen Stücke werden zu kleinen Stücken gemahlen", erklärte ich.

"Von so Steinen, oder was?"

"Nein, vom Wasser."

Die Beiden schauten mich mit leeren Blicken an.

"Aha", meinte Becker ausdruckslos, und ich wusste, dass die Konversation vorbei war. Bewirkt hatte ich nichts, das wusste ich auch. Dass so viel Dummheit Ingenieur geworden ist, ist unglaublich.

Ähnliche Konversationen hatte ich mehr und mehr. Beim Friseur überhörte ich eine Frau vor ihrer Freundin damit prahlen, dass sie schon wieder Plastik gesammelt und gespendet hätte. Daraufhin erwiderte diese Freundin, in ihrem Stolz verletzt, sie und ihr Mann würden eine Kreuzfahrt machen, die zum pazifischen Müllstrudel führen würde und die Hälfte des Geldes würde in den Erhalt der Strudel investiert werden.

"Entschuldigung", sagte ich und drehte mich zu ihnen um, woraufhin mein Friseur genervt die Schere sinken ließ. "Mit welchem Reisebüro verreisen sie?"

"Voyager Reisen, glaube ich", sagte sie. "Wollen sie auch verreisen?"

8

Ich wollte *nicht* verreisen. Ich marschierte zu *Voyager Reisen,* als wäre ich auf dem Kriegspfad, und legte mir im Kopf zurecht, was ich sagen würde, schliff meine Argumente und war bereit, wen auch immer ich sprechen würde, fertig zu machen. Im belehrenden Sinne halt.

Die Worte "Was kann ich für sie tun?" wurden von einem kleinen Klingeln begleitet, als ich durch die Tür trat. Der Berater saß hinter zwei Bildschirmen und deute auf den Sessel vor ihm. Ich setzte mich nicht. Ich musste mich so autoritär wie möglich fühlen, und ich hatte früh gemerkt, dass ich im Sitzen zu klein dafür war.

"Sie bieten doch diese Reisen zu den Müllstrudeln an."

"Sicher! Was suchen Sie-"

"Wieso?" Das brachte ihn kurz aus dem Konzept, aber dann fiel ihm sein Skript wieder ein.

"Nun, sie werden halt immer prominenter, jetzt wo ihre lebensrettenden-"

"Diese Strudel retten keine Leben. Es sterben jedes Jahr Millionen an Tieren daran. Bislang wurde ein Mensch gerettet."

"Aber diese Person fällt doch auch ins Gewicht", entgegnete er.

"Aber der Maßstab ist doch völlig unvergleichlich!" Ich sah, wie er merkte, dass ich recht hatte, wie seine schöne Sichtweise zerbröckelte und er plötzlich im moralischen Unrecht dastand. Das passte ihm gar nicht.

"Vielleicht retten die Strudel ja doch auch Tiere, bloß wurde das noch nie erforscht!", fiel ihm dann ein, und ich sah die Erleichterung in seinem Gesicht, als sich seine Perspektive wieder aufbaute.

"Das sind dann tausend, denen möglicherweise geholfen wird, gegen Millionen, denen garantiert geschadet wird."

"Aber man weiß ja nicht-"

"Wenn man es nicht weiß, wäre es nicht besser, nach dem zu handeln, was garantiert stimmt?"

"Wollen sie jetzt eine Reise, oder nicht?", fragte der Junge mit leicht zitternder Stimme.

"Nein, danke", sagte ich wütend und verließ den Laden. Das Glöckchen bimmelte unschuldig, dann knallte die Tür zu. Ich stand kurz bewegungslos auf dem Gehweg. Ganz kurz hatte ich es geschafft, dass er die Sache hinterfragte. Dann hatte er sich wieder versteckt hinter seiner konstruierten Ansicht, weil es leichter ist zu denken, man sei der Gute, statt zu wissen, man ist der Nicht-ganz-so-Gute und sich dann zu bessern. Dann fragte ich mich, warum zur Hölle ich durch die halbe Stadt gelaufen war, nur um einen armen Reisebüroangestellten anzuschreien, der kaum was damit zu tun hatte. Und dann holte ich mein Handy hervor und tippte auf dem Nachhauseweg eine E-Mail.

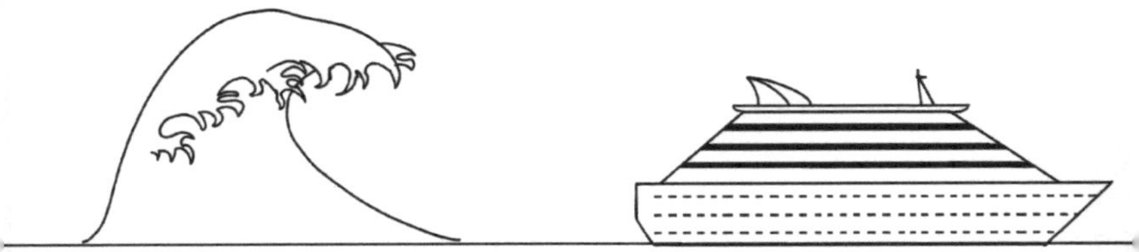

9

Mirko kam am Samstag.

"Was hat Sie überredet?", fragte er, während er einen Tripod aufstellte.

"Wenn ich schon einen hoffnungslosen Kampf kämpfe, dann kann ich es auch gleich mit so vielen aufnehmen wie möglich." Er sah mich kurz anerkennend an. Dann erklärte er mir, wie man ein Video dreht.

Am schwersten war der Text. Offen und überzeugend sein fiel mir schwer, frustriert und ohnmächtig wie ich mich fühlte, aber es musste sein. Denn mit Vorwürfen hat man noch nie eine Meinung geändert.

Mirko half mir: "Sie dürfen nicht darüber nachdenken, was alles vielleicht von diesem Video abhängt. Reden Sie einfach so, als würden Sie es jemandem erklären, der noch keine vorgebildete Meinung hat."

Wir schnitzten an dem Text herum bis wir zufrieden waren, und dann sagte ich ihn bestimmt 100-mal auf. Die ersten 50 Male verhaspelte ich mich, die restlichen 50 schliff Mirko an meiner Gestik, bis wir alles beisammen hatten, was er brauchte. Das ganze dauerte ewig.

"Es ist wirklich spät", stellte ich mit einem Blick auf die Küchenuhr fest. "Wird wohl Zeit, dass du nach Hause kommst." Dann erinnerte ich mich, dass Mirko erwachsen war und keine feste Bettzeit mehr hatte, und schob hinterher: "Also ... nur wenn du noch mit deinen Eltern wohnst vielleicht." Das war auch ein denkbar doofer Satz, fiel mir danach auf.

"Ich wohne allein", meinte Mirko zu seinem Rucksack. Ich wartete noch kurz, ob er dazu etwas sagen würde, tat er aber nicht. Dann ging er. Er hatte noch versprochen, mir das Video zu schicken, wenn es fertig war, bevor er es hochladen würde. Ich stellte mich auf eine Woche Wartezeit ein.

Es landete am nächsten Tag in meinem E-Mail Ordner, noch bevor ich aufgewacht war. Mirko musste die ganze Nacht daran gearbeitet haben, schätzte ich, und mir wurde klar, wie ernst er das Thema nahm. Was er bis jetzt auch getan hatte - er hatte sich online Hass ausgesetzt, er hatte eine wildfremde Person angeschrieben mit einem Schlachtplan, und war trotzdem mit jeder kleinen Handlung zufrieden gewesen, sei sie noch so klein, und jetzt war er die ganze Nacht aufgeblieben, um an dem Video zu arbeiten. Vielleicht war etwas mehr an dieser Generation als ich ihr zugetraut hatte.

Ich schaute mir das Video an, aber nur einmal. Manche Leute lieben es ja, ihre Stimme zu hören, ich gehöre auf keinen Fall dazu, deshalb zwang ich mich durch die 45 Sekunden und schickte Mirko dann das Zeichen, dass er es hochladen dürfe.

In Ordnung! Hoffentlich bringt es so viel wie wir hoffen schrieb er zurück. Die Essenz unseres Kampfes steckte in diesen Worten - hoffentlich hatten wir uns nicht geirrt, hoffentlich hatte das Video den Einfluss, auf den wir zählten, hoffentlich ließen sich Leute noch überreden, hoffentlich. Es war unser letztes Ass.

10

Eine Woche später trafen wir uns in einem Café. Es war das erste Mal, dass wir uns abseits von meiner Wohnung trafen und ich wusste nicht, ob es jetzt persönlicher oder professioneller war. Jedenfalls hatte Mirko sich vorbereitet.

"Wir haben mit dem Video 15.469 Leute erreicht, und haben 4.563 Likes und 436 Kommentare bekommen." Er hatte sich die Zahlen auf ein Papier geschrieben und las jetzt davon ab. "Das sind schon recht viele Leute, die es gesehen haben, das ist also gut, aber von den 436 Kommentaren sind 243 Kommentare, die *Ihr habt Unrecht/ seid doof/ wollt, dass wir alle sterben* bedeuten, 21 sind komischer Quatsch ohne Sinn und 172 sind Kommentare von *Ihr habt recht* bis *daran hab ich gar nicht gedacht*, da hab ich alles als Gewinn gezählt. Wenn wir davon ausgehen, dass die 172 zu den Leuten gehören, die auch gelikt haben, und, dass ein Like bedeutet, dass sie unsere Botschaft gut fanden, dann haben wir eine Erfolgsquote von 29%."

Es war ein Stoß in die Magengrube, aber ich versuchte, optimistisch zu bleiben. "Das ist... wenigstens etwas", meinte ich langsam. "Vielleicht wird es ja auch noch besser."

"Nach meiner Erfahrung eher nicht", meinte Mirko. "Wenn es mehr Gegner gibt, die kommentieren, zeigt der Algorithmus es mehr Leuten, die ähnliche Videos wie diese Gegner schauen, also auch ähnliche Meinungen haben." Es entstand eine kurze, erdrückende Pause. "Ich hab wirklich gedacht, das würde die Leute umstimmen", sagte Mirko dann. Sein Kopf war gesenkt und er drückte seine Fingernägel in seine Handflächen.

"Warum ist dir das so wichtig?", fragte ich leise nach einer Pause.

"Mein Vater war ein Journalist", begann Mirko, ohne aufzusehen. "Er berichtete sehr viel über Orte, die wegen des Klimawandels und der Luft- und Wasserverschmutzung fast unbewohnbar waren. Und dadurch wurde er selbst auch öfters krank, von einem Virus oder so. Aber er wurde immer gesund und fuhr wieder los, um wieder über diese Orte zu berichten.

'Wenn man im Leben niemandem hilft, dann war es kein Leben' meinte er immer. 'Deshalb kann ich auch ein kurzes Leben führen, wenn ich vielen geholfen habe, und es wird es wert gewesen sein.' Und dann", Mirko machte eine kurze Pause, "dann bekam er einen Virus und er wurde nicht wieder gesund. Ich würde das auch alles machen, wenn er noch hier wäre, aber so erst recht. *An allem Unfug, der geschieht, sind nicht nur die schuld, die ihn begehen, sondern auch diejenigen, die ihn nicht verhindern.*"

"Von wem ist das?", fragte ich.

"Kästner", meinte Mirko. Er hatte sich jetzt sichtbar aufgerappelt. "Also. Es sieht so aus als bräuchten wir eine neue Idee."

Ich bewunderte seinen Elan. Als Mirko die Quote gesagt hatte, hatte ich mich seltsam leer gefühlt, fast schon beleidigt, dass wir uns so angestrengt hatten und nichts davon kam. Ich hätte jetzt gern aufgegeben, wenigstens für eine Weile. Doch dann sah ich Mirko an, und ich sah, dass er eine Idee hatte, sich aber nicht sicher war, ob er sie aussprechen sollte.

11

Ich wartete und beobachtete die Gedanken, die man förmlich in Mirkos Kopf streiten hören konnte. Je länger ich wartete, desto mehr wollte ich diese brisante Idee hören, wollte wissen, warum er sie nicht aussprach. Ich nippte an meinem Kaffee, strich die Serviette glatt, blickte mich im Café um und kritisierte in Gedanken die orangefarbenen Wände und schaute aus dem Fenster auf die Herbstblätter - es war Herbst geworden. Ich hätte ihn fast an den Schultern gefasst und die Idee aus ihm herausgeschüttelt. Nach einer gefühlten Ewigkeit machte er endlich den Mund auf.

"Die Sache fing ja an-"

"Mit mir, und meinem Überleben. Ja." Einen Vorspann konnte ich jetzt schwerlich auch noch ertragen.

"Und deshalb drehte die Welt durch, weil sie denkt, Plastik rettet Leben", fuhr Mirko fort. Ich nickte ungeduldig.

"Also sollte theoretisch das Gegenteil die Welt wieder in Ordnung rücken." Er hatte es gesagt. Die Idee war frei und flog fröhlich zwischen uns herum.

"Was meinst du - das Gegenteil? - Also -" Ich wusste nicht ganz, was er meinte. Beziehungsweise, ich wusste genau, was er meinte, konnte es aber nicht glauben.

"Stellen Sie sich vor", erklärte er, "es würde ein Unfall passieren. Auf einer dieser Kreuzfahrten! Jemand fällt ins Plastik. Das Plastik rettet ihn nicht. Er ertrinkt fast. Er wird aber gerettet. Er erzählt der ganzen Welt die Geschichte, dass Plastik keine Leben rettet, dass die Strudel nutzlos sind. Und die Welt glaubt ihm, weil sie alles glaubt." Seine Augen funkelten mit der Freude, die ich manchmal bei mir oder meinen Kollegen sah, wenn wir einen wirklich schlauen Weg gefunden hatten, unser kompliziertes Problem zu lösen. Aber ich war skeptisch. Er sah es mir an und versuchte, mich zu überzeugen. "Kommen Sie schon! Sie müssen zugeben, dass diese Manie schnell vorbei wäre, wenn ein Unfall passieren würde."

"Gut, meinetwegen, wahrscheinlich schon. Aber was willst du denn anstellen? Auf eine dieser Kreuzfahrten gehen und jemanden über Bord schubsen?"

Er starrte mich schockiert an. "Das trauen Sie mir zu?" Er schien beinahe gekränkt. War wahrscheinlich auch sein gutes Recht. "Nein. Die Person muss schon freiwillig springen. Ich bin kein beinahe-Mörder."

"Also willst du, dass ich springe?", fragte ich. Er überlegte es kurz.

"Das geht nicht. Man kennt Sie, das ist zu verdächtig. Nein. *Ich* springe."

Ich starrte ihn an, und konnte nicht genau sagen, ob er es ernst meinte. Er wich meinem Blick aus und ich fragte mich, ob er wusste, ob er es ernst meinte.

"Bist du sicher?"

"Nein", sagte er langsam und fuhr sich mit den Händen durch die Haare.

12

Er war sich nicht sicher, und das machte ihm zu schaffen.

"Vielleicht kann man die Idee ja gar nicht umsetzen", beschwichtigte ich ihn also. Das schien ihn zu beruhigen. "Wir könnten ja erstmal alles planen. Vielleicht klappt es ja überhaupt nicht." Er nickte besänftigt.

Also planten wir eine Kreuzfahrt, dessen Ende wir noch nicht kannten. Wir suchten die Kreuzfahrt heraus, die eine ähnliche Route nahm wie die, die ich gefahren war - wir hielten das für einen künstlerischen "Touch" (Mirkos Worte, nicht meine), wenn der Unfall unweit von meiner Rettung geschehen würde.

"Das macht es brisanter. Wie so ein rundes Ende zu der Sache", meinte Mirko. Er war abwechselnd überzeugt und ängstlich, manchmal sah er so aus, als würde er hoffen, die Sache fiele ins Wasser, wann anders sah er stolz und still dem entgegen, was er für seine Pflicht hielt.

Ich glaube, Mirko fühlte sich teilweise wie sein Vater. Vielleicht ist das eine billige Ausrede um sein Handeln zu begründen, aber in gewisser Weise hätte ihn sein Vater dabei sicherlich unterstützt. Ich glaube nicht, dass er es von ihm gefordert hätte, aber Mirko war womöglich dieser Ansicht. Durch diese Aktion schien er sich seinem Vater näher zu fühlen, denn er wurde immer offener und erzählte mir manchmal Geschichten, was die beiden früher zusammen getan hatten.

Er hatte schon immer mit seinen Großeltern gelebt, während sein Vater auf Reisen war. Doch offiziell wurde er erst von seinen Großeltern aufgezogen, als sein Vater starb. Er war 12. Mit 16 war er ausgezogen, weil sein Großvater (der syrische, meinte er erklärend) starb und seine Großmutter langsam dement wurde und in ein Heim musste. Er hatte nicht viele Erinnerungen an seinen Vater, weil dieser nicht oft zu Hause gewesen war, aber wenn er zurückkam, würden die beiden immer einen Eisbecher essen gehen, egal welche Jahreszeit. "Einmal kam er im Januar zurück, also mussten wir Eis aus dem Tiefkühlfach essen, aber er hat dann extra hübsche Becher gekauft und das Eis mit

Sahne und Streuseln und Soße beschmückt und es im Kellnerkostüm serviert", erzählte Mirko lächelnd, während er versuchte herauszufinden, wie weit das niedrigste Deck des Schiffs vom Wasser entfernt war. Ein andermal hatte sein Vater ihn vom Kindergarten abgeholt, "aber er hatte sich rasiert, was er nie tat, und ich dachte, mich holt jemand Wildfremdes ab. Als ich dann verstanden hab, dass es mein Vater war, hab ich fast eine Stunde geheult, weil er so anders aussah."

In den paar Stunden, die wir damit verbrachten, unsere große Aktion zu planen, lernte ich Mirko besser kennen als in den drei Monaten, die wir uns gekannt hatten. Und desto schwerer fiel es mir, ihm diese Sache auszureden, weil es ihm half, zu glauben, sein Vater wäre stolz auf ihn. Außerdem klappte alles. Mirkos Plan war möglich. Und als der Tagesspiegel einen nicht-kritischen Artikel zu den Strudeln herausbrachte war es unmöglich für ihn, jetzt zurückzurudern.

Deshalb standen wir beide am 23. Oktober am Flughafen und am 26. am Hafen in Los Angeles.

13

Es war die surrealste Reise meines Lebens. Die anderen Passagiere, die lachten und redeten und sich amüsierten, waren nichts als die Kulisse für uns, die in unserer eigenen, schwarz-weißen Welt lebten. Wir redeten kaum, denn was soll man auch sagen, wenn man weiß, worauf alles hinauslaufen wird?

So war es, bis der Kapitän eines Abends beim Abendessen verkündete, wir würden den äußeren Müllstrudel am nächsten Tag erreichen. Mirko wurde zuerst blass, dann griff er mit schwacher Hand nach seinem Wasserglas und leerte es in einem Zug. Dann begann er zu reden. Ich hatte das Gefühl, er wollte mir alles erzählen, was er jemals gedacht hatte, gesehen hatte, gehört hatte, nur damit jemand wusste, dass es passiert war. Er erzählte mir von seiner Kindheit, von seinen Freunden, von dem ersten Mal, dass er sich verliebt hatte. Von der Bahn, mit der er zur Uni fuhr, von seinen Professoren, von der letzten Hausaufgabe. Von dem grünen Kugelschreiber auf seinem Schreibtisch, der seiner Mutter gehört hatte. Von seiner Mutter. Von seinen Großeltern, von dem Beet, was er mit fünf in ihrem Garten angelegt hatte, von dem Geruch, der immer in ihrem Haus war, egal wie sehr er lüftete. Und ich merkte, wie unendlich voll ein Leben ist, wie viel man mitnimmt, wenn man will und wie sehr man es liebt, einfach zu sein, selbst wenn es einem nicht auffällt.

Mirko hatte aufgehört, die Stunden zu zählen. Er verbrachte den nächsten Tag mit dem Absorbieren aller Dinge, die er sah. Er hörte anderen bei Gesprächen zu. Er probierte erstmals Austern ("sandig, irgendwie", lachte er). Er sprang vom 10-Meter Brett und lag danach für eine Stunde wehklagend auf der Liege, aber er lachte mehr, als ich ihn je lachen gesehen hatte.

"Willst du das also wirklich machen?", fragte ich beim Mittagessen.

Er sah kurz so aus, als wisse er nicht, was ich meinte, bevor er verstand. "Ach so. Ja, klar." Er betrachtete mein Gesicht eindringlich und fügte dann hinzu: "Machen sie sich keine Sorgen, Herr Freytag. Diesmal passiert das Ganze doch am helllichten Tag, und sie werden sofort Hilfe holen. Mir wird schon nichts passieren."

"Und wenn doch?", fragte ich langsam.

"Dann... dann schreiben Sie auf meinen Grabstein: *Er starb für die Menschheit. Sie soll es besser nicht vermasseln.*" Ich versuchte, den Witz in seinem Gesicht zu finden, doch ich fand ihn nicht. "Und pflanzen Sie einen Aprikosenbaum für mich. Ich mag Aprikosen gern", fügte er hinzu. Ich wusste nicht, was ich sagen sollte und aß meine Nudeln.

"Wissen sie", fuhr Mirko fort. "Ich bin fast sogar froh, dass Sie auf dem Strudel überlebt haben." Er merkte wohl, dass sich das komisch anhörte und erläuterte: "Dass diese ganze Sache passiert ist, meine ich. Ich glaube, alles, was war, wird alles, was kommt, wert sein." Ich einfädelte den Satz mental und lächelte dann gerührt. "Die Sache hat mir Spaß gemacht."

"Mir auch", stellte ich fest.

14

31. Oktober, 12:34. Wir standen an der Reling auf der rechten Seite des Schiffs, so weit unten, wie es ging. Wir blickten auf das Wasser unter uns. Es schäumte weiß neben dem Schiff auf.

"Das Schiff ist ganz schön schnell", sagte Mirko langsam. Ich nickte.

"Und vielleicht fährt es über mich drüber", sagte er noch langsamer. Ich nickte wieder.

Stille.

"Am Ende dieses Decks sind schon die Rettungsboote und ein Matrose", sagte er. Ich murmelte etwas, was ich auch nicken könnte.

"Wahrscheinlich passiert mir nichts", sagte er. Ich nickte auch.

Wir schauten noch etwas auf das dunkelblaue Wasser, was von weißem Schaum gekämmt wurde und friedlich in der Sonne glitzerte. Weiter draußen spickten bunte kleine Plastik-Inselchen das Wasser und leuchteten wie gebrochenes Licht in einem Prisma.

"Du musst nicht springen", sagte ich dann. Mirko schaute mich an, als wäre ihm das erst jetzt klar geworden. Als ich es gesagt hatte.

"Wahrscheinlich kommt die Welt auch von alleine davon ab", meinte ich. Er blickte mich immer noch an, als sei ich ein wundersames Orakel, dass ihm von den Wundern der Welt erzählte. Dann drehte er sich zurück zum Wasser.

Als er aufblickte, war er wieder bei sich.

"Wahrscheinlich, ja", sagte er. "Aber welche schlimmen Dinge werden noch passieren, bevor das geschieht? Helden sind die, die riskante, selbstlose, unüberlegte Dinge tun", meinte er, "Ich dachte immer, das wäre dumm. Ist es auch. Aber es ist auch echt, echt mutig."

Ich legte ihm die Hand auf die Schulter. "Bitte spring nicht", sagte ich leise. Er lächelte.

"Ich habe es wirklich genossen, mit Ihnen-"

"Sag du. Bitte." Es war das einzige, was ich noch tun konnte.

"Na dann." Er grinste. "Es war mir eine Ehre, es mit dir mit der Welt aufzunehmen." Er atmete noch einmal tief durch. Er lächelte nicht mehr. "Hol schnell Hilfe, ja?", sagte er flehentlich. Dann sprang er.

Erst als das Wasser unten wie ein Kanonenschlag aufspritzte, spurtete ich los. Ich habe nicht nach unten gesehen, und was ich dem Matrosen vorgestammelt habe, weiß ich nicht. Das Ganze ist ein Stummfilm, ein bunter, schneller, verschwommener Stummfilm, dem ich keine Details abringen könnte, wenn ich wollte. Wie der Rest der Kreuzfahrt verlief, weiß ich auch nicht. Ich weiß bloß, dass ich irgendwann zu Hause war.

12. November, 13:00. Ich stand auf dem Friedhof. In meiner schwarzen Jacketttasche trug ich einen Aprikosenkern.

15

Ich betrachtete den Grabstein eine Weile. Mich interessierte die Schriftart, in der *Er starb für die Menschheit. Sie soll es besser nicht vermasseln* den grauen Stein schmückte. Es war eine Schriftart, die nicht auf den Friedhof gehört. Sie erinnerte eher an eine Zeitungsüberschrift.

"Hast du gesehen, was die Zeitungen schreiben?", lachte jemand hinter mir. Mirko schob mir das dünne Papier in die Hand. "Sie sind drauf reingefallen. Wir haben's geschafft."

Mirko war natürlich gerettet worden. Ich sage "natürlich", doch es war das Unnatürlichste der Welt in diesem Augenblick. Wir hatten uns gegenseitig in einen Strudel gezogen, in dem wir die einzigen Retter der Erde waren, stoisch, heroisch, verpflichtet, wie Märtyrer. Doch die Welt läuft von allein weiter und Rettungsdienste heißen aus einem Grund so. Als sie Mirko in das Rettungsboot zogen, merkten wir beide, dass wir uns etwas vorgemacht hatten. Niemanden würde dieser Unfall interessieren. Es war bloß ein Unfall. Mirko meinte, er habe mich angeschaut, von unten, und ich hätte ausgesehen wie jemand in einem Traum. Und dann sei ihm die Idee gekommen, ganz zufällig. "Jemand ist mir hinterher gesprungen!", hatte er gesagt. Und so hatten die Rettungskräfte vergeblich nach jemandem gesucht, der Mirko hatte retten wollen. Doch mit dem vielen Plastik im Meer konnten sie niemanden erkennen. Dann hatte sich die Besatzung gemeldet und gemeint, es seien alle Passagiere an Bord. "Vielleicht war es ein blinder Passagier", hatte Mirko aus seiner Heizdecke gesagt. Ein Journalist, der zu den Schaulustigen gehörte, holte sofort seinen Notizblock hervor. Und das war der Anfang vom Ende.

Die Zeitungen schrieben sich die Finger wund. Die Geschichte des armen blinden Passagiers, der sein Leben gab, um einen Fremden zu retten, stand auf jeder Titelseite. Es war die herzzerreißende Geschichte eines Betrügers, der selbstlos sein Leben gab, dessen Schicksal der Müll besiegelte. Natürlich hatten sie bald sogar jemanden gefunden, der der Passagier gewesen sein könnte. Wenn man ihnen eine Wahrheit vorgibt, finden sie von selbst genug

Beweise dafür.

Alle, die vorher an die lebensrettenden Fähigkeiten der Strudel geglaubt hatten, verkniffen sich ganz schnell, dass sie das jemals getan hatten. Die meisten, jedenfalls. Ein paar Einfaltspinsel beharrten darauf, aber so ist die Welt halt.

Wir hatten auf dem Friedhof Sophien in Berlin ein Grab für den blinden Passagier angelegt.

"Selbst wenn es ihn nicht gab, ohne seinen Tod hätten wir es nicht geschafft, weißt du?", hatte Mirko gesagt und gelacht. Das tat er oft in letzter Zeit. Also ließen wir einen Grabstein machen und legten feierlich einen Aprikosenkern in das Grab.

Und an alle, die mit diesem Ende unzufrieden sind, die Mirkos Überleben unrealistisch finden: Die Welt ist schlimm genug. Jeden Tag passieren schreckliche, unwiderrufbare, grausame Dinge, die Millionen Menschen zerstören und von denen keiner es verdient. Deshalb ist es auch nicht schlimm oder unartistisch, wenn es einmal nicht geschieht, sondern schön. Glaubt das gefälligst.

STELLA KRÜCKEBERG

Was man über die Autorin wissen sollte:

1. Sie gehört zu den Personen, dessen Gehirne seltsame Zusammenhänge erstellen (sie ist überzeugt, der Name Renato erinnert an Karotten)
2. Zu ihren Lieblingswörtern gehören Alfalfa, Sammelsurium und Zirruswolke.
3. Bis zu ihrem 14 Lebensjahr dachte sie, man könne auf den Plastikstrudeln laufen. Sie war enttäuscht, als sie die Wahrheit herausfand.
4. Sie redet sonst nicht in der dritten Person über sich selbst. Keine Sorge.

(außerdem ist sie 16 und lebt in Berlin, für die, die es nach diesen oberflächlichen Informationen gelüstet)

Loved this book?
Why not write your own at story.one?

Let's go!